Ein Fernsehkonzept von Ralf List

AF280920

Boxen statt Anwalt

**Ein Fernsehkonzept
von
Ralf List**

Copyright: Ralf List

Covergestaltung: Books on Demand
                    GmbH, Norderstedt

Herstellung: Books on Demand
                    GmbH, Norderstedt

ISBN 3-8330-0774-5

Ralf List

Boxen statt Anwalt
Ein Fernsehkonzept

Aus dem Menschen, der früher einmal aufs Ganze ging, ist ein Teilnehmer geworden.

Für TIFA!

Boxen statt Anwalt

Einleitung:

Wussten Sie, dass im letzten Jahr mehr als 325.000 Prozesse in Deutschland geführt wurden? Die Tendenz ist im übrigen steigend. Ich selber bin ein Opfer; vielleicht ein Täter, wer weiß? Und was ist mit Ihnen? Rennen Sie sofort zum Anwalt? Streiten, zanken, raufen ist eine Art Kultur geworden. Nur, um was geht es eigentlich dabei? Doch meistens um Bagatelle und um Kleinigkeiten, die man in einem persönlichen Gespräch doch vorher hätte klären können. Aber nein, man wurde ja juristisch gut beraten und das Recht hatte man eh von vornherein auf seiner Seite. Recht haben und Recht kriegen sind zwei ganz unterschiedliche Dinge, die man dann erkennt, wenn man schon viel Geld bezahlt hat. Schade eigentlich, dass die Kommunikationsschiene immer mehr durch die Justiz ersetzt wird, aber wahrscheinlich ist dies ein Geschwür der immer kranker werdenden Gesellschaft. Jede dritte

Ehe in Deutschland wird geschieden, jeder zweite Nachbarschaftsstreit endet vorm Kadi und so gehen die erschreckenden Statistiken immer weiter. Bis zum Kollaps.

War das eigentlich immer schon so? Eine Frage die eigentlich nie geklärt werden kann. Natürlich ging es immer bei der Lösung von Konflikten um ihre Methode. Schuldete zum Beispiel jemanden einen anderen Geld, so konnte man im 19. Jahrhundert den schwarzen Mann buchen. Dieser ging auf Schritt und Tritt dem Schuldner den lieben langen Tag immer auf wenige Meter hinterher. So konnte jeder sehen, dass dieser Mensch einen anderen Mensch Geld schuldete. Ein sehr erniedrigende Art und Weise, doch letztendlich von einem unglaublichen Erfolg gekrönt. Oder lassen sie uns doch an die Duelle in Adelkreisen erinnern, welche die Filmindustrie häufig in Szene gesetzt hatte. Rücken an Rücken stehend, wurden zehn Meter gegangen, bis man sich umdreht und auf den Gegner geschossen hat.

Bei diesen Methoden müsste man eigentlich froh sein, dass wir heute eine Rechtssprechung haben, die das eigene Leben verschont. Traurig genug, dass es heute noch hochzivilisierte Länder gibt, die sich immer noch der Todesstrafe als Abschreckung bedienen. Aber ich möchte mit Sicherheit nicht politisch werden, sondern ihnen eine unglaubliche Geschichte erzählen. Ob sie wahr ist? Entscheiden sie es! Aber eins verspreche ich ihnen: sie ist zeitgemäß und wer weiß, ...?

Der Anfang

Wieder einmal lag ich gemütlich auf der Couch und sah die letzten Finalrunden bei RTL „Deutschland sucht den Superstar". Anfangs hatte ich dieses TV-Format bis in den tiefsten Abgrund verurteilt. Was muss bei den Teilnehmern geistig passiert sein, sich selber derartig zu prostituieren? War es die reine Verzweiflung endlich berühmt zu werden, koste es was es wolle? War es der Mut der Verzweiflung? Und das Publikum unterstützt diese Verzweiflung der Kandidaten auch noch durch noch nie da gewesene Einschaltquoten. Aber ich musste später meine Meinung korrigieren. Was hatten die Finalteilnehmer doch gigantische Stimmen und unterhielten das Fernsehpublikum mit ihren Performance. Und die Fernsehmacher verstanden es brillant, dass Publikum durch die Spannung der einzelnen Entscheidungen am Ball zu bleiben. Auch die entsprechende Medienarbeit über Print und TV-Magazine trug zu dem unglaublichen Erfolg bei.

Als Geschäftsführer eines lokalen Radiosender war ich natürlich auf solche Formate sensibilisiert und verfolgte das drum herum natürlich genau. Ich persönlich glaube an Schicksale, an Begegnungen, an Zufälle und genau einem solchen Zufall hatte ich es zu verdanken, meine Zukunft von heute auf morgen in eine ganz neue Richtung zu verändern. Eine Meldung ging um den Erdball, die für großes Aufsehen sorgte:

Armdrücken statt Anwalt

„Ein Manager in Australien hat sich auf ungewöhnliche Weise mit einem Konkurrenten geeinigt. Die beiden Männer traten im Armdrücken gegeneinander an. So legten sie einen lange währenden Streit ihrer beiden Firmen bei. Dabei ging es um den Zugang zum Mobilfunknetz. Nachdem sich schon Behörden erfolglos bemüht hatten, den Streit beizulegen, ging jetzt alles ganz schnell: Der Stärkere durfte das Geschäft machen."

Ups, was für eine Story! Hier steckte für mich alles drin: Kreativität, der Wille ein Problem zu lösen und vor allem: Ein Happy End! Happy End, die Zauberformel für alle Drehbuchautoren, Regisseure und Filmproduzenten. Warum? Ein Happy End ist der Garant, dass der Zuschauer wieder kommt! Entertainment ist für mich Zauber, für eine kleine Weile mich in eine andere Welt zu begehen, um Sorgen, Nöte oder Ängste, hinter mich zu lassen. Wenn das gelingt, war das Musical, der Film, das Theaterstück oder die Show wirklich gelungen. Auch wenn man es oft von sich weist, es gehört ein Happy End dazu.

Alles andere belastet einen wieder und haben wir nicht Tag für Tag genug Belastungen, mit denen wir fertig werden müssen?

Da treffen wir auf zwei Manager, die den Mut haben, ihr Problem von Mann zu Mann zu lösen. Entscheidend war, dass dieser Akt ein Ergebnis hervor brachte. Was die Anwälte nicht schafften, wo die Behörden versagt hatten, schafften beide Manager das, was eigentlich von ihnen erwartet wird: Ein Ergebnis. In einem Managerbuch habe ich einmal gelesen, dass das größte Problem auf Führungsebene darin liegt, Entscheidungen zu fällen. Keiner ist mehr bereit, die Verantwortung für eine Entscheidung zu übernehmen. Und schon ist die Firma, das Unternehmen blockiert. Günter Ogger beschreibt in seinem neuen Buch „Die Ego AG" die teilweisen kriminellen Machenschaften von Firmen und Konzernen. Gott, wie würde unsere wirtschaftliche Situation heute aussehen, wenn alle so reagieren würden, wie unsere zwei Manager in Australien. Statt sich ewig gegenseitig zu blockieren, würden Ergebnisse geschaffen die einen weiter bringen. Reflektiert auf das wirtschaftliche und geschäftliche Dasein, gehe ich sogar noch einen Schritt weiter: Auch im persönlichen, im privaten Bereich, sollte man über das Handeln der beiden Manager intensivieren nachdenken. Die Wahrheit liegt immer im Auge des Betrachters, sagt ein altes Sprichwort. Ich glaube daran und schon haben wir ein großes Problem: Wer hat in einem Streit eigentlich Recht? Seien wir doch mal ehrlich: Eigentlich jeder ein bisschen, oder? Fangen sie doch selber mal bei sich an: Der letzte Streit den sie hatten, wer hatte da mehr Recht? Sie können mir wahrscheinlich keine klare Antwort geben, oder? Hätten sie den Mut, die Courage und den Willen gehabt, ein für alle Mal den Konflikt zu lösen? Wären sie über ihren Schatten gesprungen und ihren „Gegner" aufgefordert, den Krach hier und jetzt und sofort zu lösen? Beide Manager aus Australien hatten diese Courage, den Mut und auch die Risikobereitschaft. Beide wussten genau, einer wird verlieren. Das wir heute zu Anwälten gehen, liegt oft im Bewusstsein, die Entscheidung, ob wir gewinnen oder verlieren, zu vertagen. Zeit gewinnen, es nach hinten zu verschieben, um eine eventuelle Niederlage zu verdrängen, das sind die meisten Gründe, zu einem Anwalt zu gehen. Wir sind zu Verdrängern geworden, die nur Zeit gewinnen wollen und irgendwann einsehen müssen, dass wir uns doch nicht vor einem Ergebnis drücken können. Jeder Konflikt endet mit einem Ergebnis. Wann dieses Ergebnis kommt, können wir mittlerweile selber bestimmen. Traurig genug, oder? Man ist blockiert, man entwickelt Ängste, man ist immer auf den Sprung und genau das sollte nicht sein. Wir müsse wieder lernen, Konflikte sofort anzugehen und zu lösen, bevor sie uns geistig und damit auch körperlich lahm legen. Erkennen sie jetzt die Tragweite beider Manager die ihren Konflikt auf ihre Art und Weise gelöst haben? Und jetzt ahnen sie schon, was für eine großartige Idee mir kam und was man aus ihr machen kann. Sofort fing ich an, diese in die Tat umzusetzen.

Wie bekommt man Menschen dazu, genau so zu agieren wie die Manager aus Australien? Ich kann nicht hingehen und sagen: Hey , hört auf euch zu streiten. Rennt nicht sofort zu euren Anwälten und belastet nicht die Gerichte mit eurem Kram. Kommt morgen Abend zu mir und stellt euch dem Problem indem ihr gegeneinander

Arm drücken veranstaltet. Nein, dass wäre leider viel zu einfach. Ich suchte nach einem Mehrwert, einem Event für alle Beteiligten. Der Geistesblitz kam:

Wenn ihr ein Problem miteinander habt, zieht euch Boxhandschuhe an und klärt das im Ring. Nur ihr beide, Mann gegen Mann. Der Verlierer gibt sich geschlagen, umarmt sportlich den Gegner und der Streit wird beendet. Ein für alle mal. Das gleiche gilt natürlich auch für Frauen. Frauenboxen ist mittlerweile gesellschaftsfähig und wird in Sportlerkreisen anerkannt. Die Idee war geboren. Konfliktbewältigung auf sportlicher Basis. Ein mit Sicherheit uralter Gedanke der nur zeitgemäß verpackt werden sollte. Ist es nicht der alte olympische Gedanke? Nationen treten gegeneinander an um sich sportlich zu messen, statt Kriege zu führen. Unser Krieg ist die gerichtliche Auseinandersetzung. Schluss damit, erklärt euch bereit, den Konflikt im Boxring zu lösen. Gleichzeitig ist es ein Riesenspektakel für den Zuschauer, wenn er live oder sogar am Fernseher miterleben darf, wie zwei Streithähne ihren Zwist sportlich austragen. Hier liegt alle drin, was uns die australischen Manager vorgelebt haben und was ich schon näher beschrieben habe: Ein Ergebnis und ein Happy End. Das ist der Stoff aus dem Geschichten geschrieben werden, wo wir als Zuschauer dran teilnehmen können und miterleben dürfen, wie alles endet. Kurz um: Das ideale Fernsehformat: BOXEN STATT ANWALT

Das Konzept:

Der Fernsehzuschauer erlebt eine neue, noch nie da gewesene Show, die ihn begeistern wird, die er leben wird und die er nicht mehr missen möchte. Völlig neues Fernsehen. Wie kann ich das erreichen, wie soll das Format aufgebaut werden? Wie würde ich als Zuschauer reagieren und was würde mir besonders gefallen. Bin ich überhaupt der „normale"

Fernsehkonsument oder bin ich durch meine Tätigkeit bei einem Radiosender eher kritischer? Fragen über Fragen. Aber eine lange Reise beginnt immer mit dem ersten Schritt. Mal schauen, wer hat zur Zeit in deinem Bekanntenkreis einen Riesenstreit miteinander. Natürlich dauerte es nicht lange und schon hatte ich einen Musterstreit. Vielleicht nehmen sie sich einige Minuten Zeit und denken sie darüber nach, wer in ihrem Bekannten oder Verwandten Kreis zur Zeit Stress miteinander hat. Schließen sie ihre Augen und stellen denken über diesen Streit nach. Schon nach wenigen Minuten werden sie feststellen, dass es eigentlich lächerlich ist, worüber eigentlich gestritten wird.

Nun stellen sie sich vor, beide Beteiligten erzählen unabhängig voneinander ihre Sichtweite. Jetzt haben sie beide Seiten gehört und schon bilden sie sich ihre Meinung. Wahrscheinlich hat in ihren Augen der eine mehr Recht wie der andere. Dies hängt von verschiedenen Faktoren ab.

Zum Beispiel wie man in der Lage ist sich zu verkaufen. Hier ist schon ganz entscheidend wie man verbal seine Fähigkeiten einsetzen kann. Es gibt halt Menschen, die sich nicht so gut ausdrücken können und es gibt die anderen, die rethorisch alles drauf haben um jemanden überzeugen zu können. Leider hat die Vergangenheit gezeigt, wie gefährlich es sein kann, Worte wie Waffen einzusetzen und somit ein ganzes Volk auf seine Seiten ziehen kann.

Nun gut, sie haben sich ihre Meinung gebildet, denn keiner wird von sich sagen können, diesen Konflikt vollkommen objektiv beurteilen zu können. Am deutlichsten wird dieser Sachverhalt bei einer Gerichtsverhandlung. Der Anwalt, der verbal sich stark zu verkaufen weiß, wird auch den Richter von der Unschuld seines Mandanten überzeugen. Die Äußerlichkeiten spielen bei einer Urteilsfindung über eine Meinung ein ebenso große Rolle. Der eine wirkt halt sympathischer wie der andere. Wie oft haben wir uns schon selber gehört: Dem hätte ich das aber nie zugetraut oder, der sieht schon so aus wie ein Verbrecher.

Sie sind jetzt mein Fernsehzuschauer. Lehnen sie sich zurück, machen sie es sich bequem und genießen sie den Abend. Die Show beginnt:

Die Show

Guten Abend bei einer neuen Ausgabe von „Boxen statt Anwalt" Wir haben wieder interessante Geschichten für sie gesammelt und präsentieren Ihnen einen sportlichen Abend. Wieder einmal werden wir Konflikte auf sportlicher Basis lösen. Erwarten sie bitte nicht, dass Ariel Scharon gegen Arafat in den Ring steigt, aber wenn die Herren Politiker dieser Welt den Mut hätten, wie unsere Kandidaten an diesem Abend, glauben sie mir, die Welt sähe wesentlich freundlicher und lebenswerter aus. Wieder einmal erleben sie heute Abend 8 Kämpfe.

Hier noch einmal die Regeln: Geboxt wird über 5 Runden zu je zwei Minuten bei den Herren. Bei den Damen geht es über 3 Runden zu je zwei Minuten. Geboxt wird nach den internationalen Boxregeln, geleitet wird der Kampf von einem professionellem Ringrichter. Begrüßen sie mit mir Herrn Bill Newton aus den USA. Am Ring sitzen wieder erfahrene Punktrichter: Daniel Schröder aus Deutschland, Sven Sörenson aus Schweden und Rico Patrese aus Italien. Ich garantiere ihnen wieder eine tolle Show, die zwischen den Kämpfen unterstützt wird durch die Finalteilnehmer aus der Fernsehshow: Deutschland sucht den Megastar. Lassen sie uns beginnen mit der ersten Paarung des Abends. Einen Riesenapplaus für Heiner Schmidt aus Oldenburg und Peter Classen aus Pinneberg.

(Ein Film beginnt: Ein Reporter vom TV-Team interviewt Heiner Schmidt. Heiner, erzähl bitte unseren Zuschauern, warum und vorüber du dich mit Peter zerstritten hast. Das kann ich dir in wenigen Worten erzählen: Peter und ich sind eigentlich seit unsere Schulzeit gute Freunde. Wir sind zusammen in Urlaub gefahren, haben unsere Lehre bei dem gleichen Unternehmen begonnen und haben halt unsere Freizeit zusammen verbracht. Eines Tages lernt ich in einer Kneipe Sandra kennen. Es kam wie es eben kommen musste. Ich lud sie ins Kino ein, wir gingen zusammen essen und ich verliebte mich in sie. Regelmäßig telefonierte ich mit Peter und erzählte von meiner neuen Liebe. Er freute sich für mich und schlug vor, dass ich Sandra auf seine Geburtstagsfete mitbringen sollte. Ich hatte mir nichts dabei gedacht, aber alles kam plötzlich ganz anders: Auf einmal war die Freundschaft von Peter zu mir völlig egal und er machte sich an Sandra dran; ihr gefiel das ganze Balzen um sie herum und genoss es im Mittelpunkt zu stehen. Die Art und Weise wie Peter sie anmachte kotzte mich an. Es war einfach widerlich und ich haute ab. Soll er und sie mir doch gestohlen bleiben, dass hast du wirklich nicht nötig, dachte ich für mich. Ich hörte von anderen Freunden, dass Sandra, von der ich nie mehr etwas hörte, zu Peter gezogen ist. Schon wenige Monate später haben beide geheiratet. Aber das Größte kommt noch: Peter konnte oder wollte nicht verstehen, dass ich ihm die Freundschaft gekündigt hatte. Letztendlich bekam ich noch fünfhundert Euro von ihm, die er mir nicht zurückzahlen wollte oder konnte.

So ging ich zu meinem Anwalt, der die Forderung für mich einklagen sollte. Das Verfahren läuft bereits seit zwei Jahren, Ende halt offen.)

So liebe Zuschauer, das war die Geschichte von Heiner. Hört sich nicht gerade lustig an, oder? Ein Freund spannt seinem Freund die Freundin aus und dann schuldet dieser ihm noch Geld, welches er nicht zurückzahlen will. Aber, wie sie wissen gibt es im Leben immer zwei Seiten. Hören wir doch mal was Heiner dazu sagt. Heiner, leg bitte los:

(Film beginnt: Reporter: So Heiner, wir haben von Peter gehört, dass du ihm die Freundin ausgespannt hast und ihm sogar noch Geld schuldest. Wie siehst du die ganze Angelegenheit? Also, es stimmt so nicht. Peter und ich waren wirklich immer gute Freunde gewesen und hatten damals eine verdammt gute Zeit miteinander. Was mit Sandra gelaufen ist tut mir im natürlich für Peter wirklich leid. Das ich sie ihm bewusst ausgespannt haben soll, lass ich so nicht stehen. Letztendlich gehören immer zwei dazu und Sandra und ich haben uns gesehen und wussten sofort, dass wir zusammen gehören. Das passiert halt. Mir wäre auch lieber gewesen, sie wäre vorher nicht mit Peter sondern mit jemanden anderem zusammen, aber was nützt dir das wenn und aber? Hätte ich vielleicht die Stadt oder sogar das Land verlassen sollen um Sandra nie mehr zu sehen? Sandra hatte sofort die gleichen Flugzeuge im Bauch. Die Sache war nie einseitig sondern von vorn herein fühlten wir beide uns zueinander hingezogen.

Die Unverschämtheit aber ist die Sache mit dem Geld. Hier möchte ich nur dazu sagen, dass es verletzte

Eitelkeit von Peter ist, immer noch zu behaupten ich schulde ihm Geld. Ich hatte mir tatsächlich 500 € von Peter geliehen. Eines Tages rief mich ein gemeinsamer Freund von uns beiden an und sagte, Heiner schuldet mir noch 600€. Du kannst mir also die 500€ die Heiner noch von dir bekommt mir geben. Die restlichen 100€ bekomme ich direkt von Heiner. Ich rief Heiner an, ob er damit einverstanden wäre und er bejahte es. Heute will er nichts mehr davon wissen und unserer gemeinsamer Freund Klaus, dem ich das Geld gegeben hatte, wohnt heute in Neuseeland. Warum soll ich denn zweimal zahlen.

Wie immer, liebe Zuschauer, eine haarige Situation. Die Anwälte beider Parteien kämpfen noch heute um eine Klärung. Ich freue mich sehr, dass es gerade Sandra war, die Heiner und Peter`s Geschichte uns zugeschickt hat. Ihr liegt es sehr am Herzen, dass beide wieder Freunde werden, denn sie fühlt sich für den Streit verantwortlich. Ich gebe jetzt ab zu unserer Assistentin Maren die sich jetzt bei Peter in seiner Kabine befindet. Und Maren, wie ist die Verfassung von Peter? Hallo Tommy, ja wir sind jetzt bei Peter`s letzten Vorbereitungen und können ihn doch selber mal fragen wie es ihm geht. Aufgeregt bin ich und froh, wenn diese Geschichte in wenigen Augenblicken zu Ende geht. Ich freu mich auf jeden Fall später endlich wieder mit Heiner ein Bier zu trinken.

Hört sich doch gut an Tommy, oder? Ich gehe jetzt rüber in die andere Kabine und schaue nach Heiner, der so glaube ich genauso aufgeregt ist wie Peter. Hallo Heiner und bei dir alles soweit in Ordnung, bis zu fertig? Ja, sogar fix und fertig. Ich freue mich auf den Kampf und das endgültige Ende unseres Streites. Eine Riesenidee mit dem Kampf, wirklich! Aber können wir jetzt anfangen? Das Warten ist grauenvoll.

O.k. Heiner vielen Dank. Tommy, du hast es gehört, Heiner will anfangen, ich glaube, wir können ihm helfen, zurück zu dir. Danke Maren. Ja wir sind soweit, also Lady and Gentlemen, begrüßen sie mit mir zusammen in der blauen Ecke Heiner Schmidt aus Oldenburg. (Laute Rock Musik von Queen „We are the Champions ertönt und Heiner kommt mit einem langen, blauen Mantel aus der Kabine in die Halle. Das Publikum tobt und applaudiert. Er steigt in den Ring und hebt seine Arme Richtung Himmel. Er tänzelt wie ein Profiboxer und lässt sich feiern. Und nun, Lady and Gentlemen in der roten Ecke, begrüßen sie mit mir Peter Classen aus Pinneberg. Wieder laute Musik, diesmal von Pink Floyd „The Wall". Tosender Applaus, die Zuschauer stehen alle in der Halle. Keiner sitzt auf seinen Sitzen. Auch Peter steigt in den Ring und tänzelt wie ein Profi. Der Ringrichter nimmt beide Boxer in die Mitte des Rings und erläutert noch einmal die Regeln. Beide schauen sich tief in die Augen und werden anschließend zurück zu ihren Betreuern in die jeweiligen Ecken geschickt. Die Glocke, Ring frei zu ersten Runde. Peter hat sich eine Doppeldeckung aufgebaut und Heiner geht direkt zu Sache und versucht mit einer Links-Rechtskombination durch die Deckung zu stoßen. Peter ist in der Defensive und Heiner geht nach vorne und will ein schnelles Ende.

Plötzlich, wie aus dem nichts, duckt sich Peter und weicht so einer harten Linken aus um von unten verdeckt seine Rechte an Heiner Kinn zu platzieren. Er trifft und Heiner taumelt. Sofort unterbricht der Ringrichter den Kampf und zählt Heiner an. Doch schon nach wenigen Sekunden zeigt Heiner an, dass alles in Ordnung ist und er weiter machen kann. Das Publikum tobt. Beide tänzeln um einander herum und warten auf eine Attacke des Gegners als der Gong die erste Runde beendet. Der Gong ertönt zur zweiten Runde und wieder startet Heiner eine Attacke. Er trifft jedoch nur die Deckung. Peter weicht jedem Schlag geschickt aus und befreit sich aus defensiven Lagen. Er spielt auf Zeit, seine Taktik ist klar: Er wartet bis sich Heiner konditionsmässig ausgepowert hat und wird dann seine Angriffe starten. Eine risikoreiche Taktik denn Heiner sucht ein schnelles Ende und Peter riskiert einen Niederschlag. Das Publikum ist begeistert. Keiner schenkt dem anderen etwas. Hier wird jedem bewusst, dass eine Entscheidung von beiden Seiten gewollt ist. Plötzlich ein Schreien beim Publikum, Heiner ist durch die Deckung von Peter gestoßen und schlägt eine harte Kombination. Peter taumelt und verliert das Gleichgewicht. Nur die Seile verhindern, dass er hart auf dem Boden fällt. Sofort ist der Ringrichter bei Heiner und schickt ihn zurück in seine Ecke.

Eins, zwei, drei, Sekunden des Wartens und Peter rappelt sich hoch, vier, fünf, Peter zeigt an es geht noch. Der Ringrichter blickt fragend zu Peter`s Betreuer, der ihm freundlich zunickt. Der Kampf geht weiter. Heiner wittert seine Chance, doch der Gong rettet Peter in die wohl rettende Pause. Was für einKampf, was für ein Fight. Das Publikum ist wie elektrisiert. Es muss wirklich eine tiefe

Freundschaft zwischen den Beiden existieren und der Krach hat beide tief belastet. Was nehmen die Beiden miteinander auf, um endlich diesen Konflikt zu lösen. Ring frei zur dritten Runde. Wie ausgewechselt kommt Peter aus seiner Ecke. Seine Taktik hat er scheinbar aufgegeben, genau so wie seine Deckung. Jetzt geht er in die Offensive, möchte nicht mehr in Gefahr laufen durch einen Schlag in den Seilen zu enden. Vollkommen überrascht rennt Heiner im Ring vor Peter weg und kann sich nicht sofort auf die neue Situation einstellen. Er tut genau das, was eigentlich das Publikum sehen will, auch er geht in die Offensive. Ein offener Schlagabtausch hat begonnen und der Zwischenstand ist vollkommen offen. Heiner platziert einen rechten Haken genau auf das Kinn von Peter. Er sieht den Schlag im Zeitlupentempo kommen, kann ihm aber nicht mehr ausweichen und schlägt hart auf den Boden auf. Der Ringrichter zählt in an und in diesem Augeblick fliegt ein weißes Handtuch in den Ring. Der Betreuer von Peter setzt dem Kampf ein Ende. Tosender Applaus vom Publikum, laute Musik setzt ein und

Heiner springt wie ein kleiner Junge jubelnd durch den Ring. Peter steht mittlerweile wieder und Heiner sieht ihn und umarmt seiner Gegner, seinen Freund.

Happy End, ein langer Streit hat ein Ende gefunden. Liebes Publikum, schenken sie beiden Beteiligten noch einmal ein Riesenapplaus für einen wirklich gelungenen Kampf. Was macht ihr beiden denn noch heute? Peter und ich werden jetzt als erstes ein leckeres, kühles Bier trinken und anschließend ordentlich auf den Putz hauen. Eine Frage noch an Peter: Nehmt ihr Sandra mit? Sie war es ja letztendlich, die dafür gesorgt hat, dass ihr beiden Streithähne euch über diesen Kampf wieder versöhnt. Ja klar und ich denke, dass Sandra sich freut und Heiner hat damit mit Sicherheit kein Problem mehr, oder? Nein habe ich nicht, kommt jetzt, lasst uns feiern.

Liebe Zuschauer, haben wir ihnen zuviel versprochen? Was für eine Show, was für ein Event und es geht noch weiter, aber zuerst hören wir die Finalteilnehmer von Deutschland sucht den Megastar mit ihrer neuesten Scheibe: We do it. !!

Gefällt ihnen die Show? Die Mischung aus Geschichten aus dem Leben mit einem sportlichen Happy End? Erinnern sie sich noch an meine Bitte, sich an jemanden zu erinnern, der sich ebenfalls in einer solchen Streitsituation befindet? Nun stellen sie sich doch mal vor, derjenige ist Gast in der Show und boxt gegen seinen Gegner. Wären sie nicht mit im Publikum? Ich glaube mit Sicherheit wären sie das. Aber ich wollte sie gar nicht ablenken. Freuen sie sich mit mir über eine neue Geschichte, die es wirklich in sich hat.

Ladys and Gentlemen; einen Riesenapplaus für die Megastars mit ihrem neuen Hit: We do it. So, es geht weiter, ich hoffe sehr, sie sind bereit für eine weitere und ich verspreche ihnen, eine äußerst delikate Geschichte zweier Damen, die noch heute Abend, zusammen mit ihnen ihren Streit aus der Welt schaffen wollen. Ich darf ihnen die erste Teilnehmerin vorstellen: Manuela Kreitz aus Köln!

(Film läuft. Ja hallo liebes Publikum. Ich befinde mich bei Manuela aus Köln die ihnen jetzt ihren Streit mit ihrer Freundin Ruth erzählen wird. Also Manuela legt los, was ist passiert? O.K. es ist eigentlich eine lange Geschichte aber ich versuche mich kurz zu halten. Ruth und ich arbeiteten bei der gleichen Firma in Leverkusen. Über die Jahre unserer Zusammenarbeit entstand eine enge Freundschaft. Bis zu dem Tag, als die Stelle der Abteilungsleiterin ausgeschrieben wurde. Wir waren uns einig, dass unabhängig von unserer Freundschaft, wir uns beide für den Posten bewerben. Es bestand eine klare Abmachung, dass wir freundschaftlich verbunden bleiben, wenn die andere die Stelle bekommt. Aber es kam leider alles anders. Ruth legte sich ins Zeug und ging über Leichen, nur um die Stelle zu bekommen.

Wenn ich nur fünf Minuten zu spät kam, meldete sie das unserer Vorgesetzten, bis ich eine Abmahnung bekam und somit nicht mehr für den Wunschposten infrage kam. Aber das ist noch nicht alles: Nachdem Ruth die Stelle bekam, wurde sie auch meine Vorgesetzte und sie stellte alles an um mich aus dem Unternehmen zu kicken. Es fehlten plötzlich wichtige Akten die ich bearbeiten sollte und sie behauptete, ich hätte diese verschlampt. Sie setzte Gerüchte in die Welt, ich würde mit unserem Chef anbandeln um ihre Stelle zu bekommen. Dieses Mobbing ging über Monate, bis ich psychisch nicht mehr in der Lage war zu meiner Arbeit zu kommen. Ich wurde krankgeschrieben und verlor meinen Arbeitsplatz. Noch heute habe ich keine neue Stelle und das alles habe ich meiner ehemaligen Freundin Ruth zu verdanken, die noch weiter in dem Unternehmen aufgestiegen ist. Mein ganzes Leben hat sie zerstört, nur um ihren Karrierewahn auszuleben. Bis heute verstehe ich nicht, was ich ihr nur angetan habe, dass sie mein Leben ruiniert hat.

Olala, dass hört sich aber richtig böse an, Manuela. Und du bist dir sicher, dass nach dem Kampf heute Abend, du dich mit Ruth wieder versöhnen möchtest? Es ist für mich eine Chance unter gleichen Vorraussetzungen sie herauszufordern. Anschließend werden wir uns mit Sicherheit an einen Tisch setzen und die ganze beschissene Situation ausdiskutieren. Ich bin mir sicher, dass dieser Abend für uns beide eine neue Grundlage schafft. O.K., liebe Manuela, hören wir doch mal wie Ruth die Geschichte sieht.

Jetzt bin ich bei Ruth Stein aus Leverkusen, die Manuelas Leben durch Intrigen und Mobbing angeblich ruiniert hat. Ruth, wir haben gerade Manuelas Geschichte gehört und ich muss dir sagen, dass ist wirklich harter Tobak, aber wie siehst du es an deinen Augen? Wenn ich mir Manuelas Story so anhöre, erschrecke ich mich vor mir selber und ich wäre wirklich ein miese Schlampe. Aber, es war nicht so. Richtig ist, dass wir beide beschlossen hatten, uns für die Stelle als Abteilungsleiterin zu bewerben. Man muss aber wissen, dass Manuela nicht gerade sehr ehrgeizig war, sondern mit dem zufrieden war, was sie hatte und was sie tat. Rückblickend glaube ich, hatte sie nur Angst davor, dass ich plötzlich ihre Vorgesetzte werden könnte und sie dadurch eine Freundin verliert. Aber was hat eine Freundschaft mit einem Titel zutun? Ich habe sie nie verraten, wenn sie zu spät kam und das kam wirklich immer häufiger vor. Aber es ist nicht meine Art eine Freundin zu hintergehen. Noch heute weiß ich nicht, wer sie beim Chef angeschwärzt hat. Natürlich glaubt sie mir nicht, obwohl ich ihr frührer schon hundert mal gesagt habe, dass ich es nicht war. Die Vorwürfe der verschwundenen Akten ist genau so haltlos. Es gab eine heftige Diskussion zwischen uns, wo denn die Akte sei.

Genau in diesem Augenblick kam der Chef rein und fragte uns, was denn los sei. Ich erzählte ihm, dass eine Akte verschwunden sei, die Manuela bearbeiten sollte. Er schüttelte nur mit dem Kopf und verließ das Büro. Das war alles, sollte ich denn lügen?

Vollkommener Unsinn ist die Tatsache, ich hätte angeblich Gerüchte in die Welt gesetzt, dass sie hinter unserem Chef hersei. Ich weiß wirklich nicht, was Manuela geritten hat, solche Behauptungen anzustellen. Im Gegenteil, als ich merkte, dass sie immer labiler wurde, habe ich ihr angeboten mit mir zu reden. Aber sie schrie mich nur an, dass ich an allem Schuld sei und ich eine hinterfurzige Schlampe sei, die nur ihr Leben zerstören will. Auch nachdem sie die Firma verlassen musste , wollte sie kein klärendes Gespräch mit mir führen. Und genau deshalb freue ich mich auf diesen Abend, um von ihre endlich die Gelegenheit zu bekommen, nach dem Kampf alles klarzustellen.)

Nun gut, liebes Publikum, bilden sie sich zuhause und hier in der Halle ihre eigene Meinung. Hört man sich die

Geschichte von Manuela an, so denkt man, dass Ruth wirklich ihr Leben ruiniert hat. Hört man sich hingegen Ruth an, so stellt man fest, das die Vorwürfe gegen sie haltlos sind. Ich freue mich, dass wir hier nicht vor Gericht stehen und ein Urteil fällen müssen, sondern dass wir erleben dürfen, wie beide Kandidaten das hier und heute Abend untereinander ausmachen.

Ich gebe nun ab zu Maren, die sich in der Kabine von Manuela befindet. Hallo Maren, wie fühlt sie sich? Hallo Tommy, ich glaube ganz gut, oder? Ja alles ist O.K., bin aber doch verdammt nervös und froh, wenn es jetzt endlich losgeht. Vielen Dank Manuela und ich gehe jetzt weiter zu Ruth und frage sie nach ihrem Wohlbefinden. Hallo Ruth, ich war gerade in der Kabine von Manuela und ich verrate dir, dass sie verdammt nervös ist und froh ist, wenn es endlich losgeht. Wie geht es dir? Ach, nervös bin ich eigentlich nicht. Ich habe vier Wochen lang intensiv trainiert und hoffe nur, dass meine Kondition ausreicht. Das ist eigentlich alles. O.K. Tommy, du hast die Statements beider Mädels gehört und ich gebe jetzt zu dir ab in die Halle. Dank Maren, dann sollten wir unser Publikum nicht länger auf die Folter spannen sondern lassen sie uns beginnen. Lady and Gentlemen, begrüßen sie mit mir für die rote Ecke unsere Teilnehmerin Manuela Kreitz aus Köln! Laute Musik und eine geniale Lasershow beginnt und zu dem Song I will survive tänzelt Manuela in Richtung Ring. Das Publikum feuert sie mit einem Riesenapplaus an. Im Ring angekommen begrüßt sie das Publikum mit Handküsschen, was aufgrund der riesigen Boxhandschuhe eher ungewöhnlich aussieht. Und jetzt, verehrtes Publikum, bitte ebenfalls einen Riesenapplaus für die blaue Ecke unsere Teilnehmerin aus Leverkusen, Ruth Stein. Die Kamera schwenkt in die Katakomben, wo sich unter der Musik von Grönemeier „Mensch" sich Ruth in Richtung Ring bewegt. Im Ring angekommen geht Ruth als erstes zu Manuela und klatscht sich mit ihr ab. Als das Publikum ihre Reaktion wahrnimmt, ertönt eine frenetischer Applaus. Der Ringrichter führt beide Frauen in die Mitte des Ringes und erläutert noch einmal die Regeln. Während Ruth ein leichtes Lächeln auflegt, schaut Manuela Ruth ernst und bitter in die Augen. Der Gong ertönt und die erste Runde beginnt. Hier ist von Taktik keine Spur. Direkt stürzen sich die beiden aufeinander und boxen wild aufeinander ein.

Es gibt von keinen der Damen den Hauch einer Deckung oder den Ansatz einer Kombination. Hier wird wild gefightet, oder Rücksicht auf Verluste. Die einzelnen Treffer sind aber bei beiden mehr oder weniger ohne Wirkung. Nach zwei Minuten Dauerfeuer mit den Fäusten wird die erste Runde durch die Glocke beendet. Schweißgebadet unter tosenden Applaus begeben sich Manuela und Ruth in ihre Ecken. Sieht man in die schweißbedeckten, vor Anstrengung roten Gesichter, so erkennt man ohne Zweifel bei beiden den unbedingten Siegeswillen. Runde 2 und die Show beginnt von vorne. Mitte der 2. Runde stellt man fest, dass Ruth in der Tat anfängt unter den Anstrengungen den Kampfes zu leiden. Ihre Kondition lässt nach und sie fängt immer regelmäßiger an, sich an Manuela zu klammern. Der Ringrichter trennt beide voneinander und Manuela setzt ihre Attacken unvermindert fort. Nur der Gong rettet Ruth vor einem vorzeitigen Ende, denn sie scheint ausgepowert zu sein. Und in der Tat, im ersten Drittel der 3. Runde ist ihre Kraft am Ende und durch einen gezielten Schlag auf die Niere beendet Manuela zu ihren Gunsten den Kampf. Jetzt steht das Publikum Kopf. Man konnte schon im Vorfeld mitbekommen, dass aufgrund ihrer Geschichten, Manuela mehr Sympathien beim Publikum hatte. Und dennoch, nachdem sich Ruth einigermaßen erholt hatte, umarten sich beide und präsentierten sich gemeinsam dem Publikum. Und wieder hat der Zuschauer sein Happy End.

Meine Damen und Herren, wieder einmal konnten wir aus Feinden wieder Freundinnen machen. Manuela und Ruth, wir wünschen euch von ganzen Herzen, dass ihr in Zukunft wieder zueinander finden werdet und eine tolle Zeit habe.

So liebes Publikum, ich freue mich unglaublich, ihnen jetzt zwei weitere Teilnehmer vorstellen zu dürfen, die eine Geschichte zu erzählen haben, die wirklich unter die Haut geht. Eins verrate ich jetzt schon: Der Streit beider geht schon ins elfte Jahr! Ende offen! Aber vielleicht schon heute Abend schaffen es beide, ihren Streit beizulegen. Aber der Reihe nach, beginnen werden wir mit der Erzählung von Werner aus München.

(Film fängt an. Hallo Werner, willkommen bei Boxen statt Anwalt. Erzähl doch bitte unseren Zuschauern deine Geschichte. O.k. fangen wir an. Vor 15 Jahren hatte ich eine geniale Geschäftsidee. Ich bin Ingenieur im Bereich Motorentechnik und hatte eine gut dotierte Stelle bei einem Automobilhersteller in München. Durch einen Zufall entdeckte ich, dass man durch ein neues Material aus Amerika, ohne großen finanziellen Aufwand, einen Motor entwickeln kann, der nur noch maximal drei Liter Kraftstoff verbraucht. Man großer Traum war es, eine eigene

Entwicklungsfirma zu gründen und diese Technik patentieren zu lassen. Was mir natürlich fehlte war Eigenkapital und ich wollte natürlich nicht, mit meiner Idee an die Öffentlichkeit treten. Die Gefahr, dass mir jemand zuvorkam, oder sogar meine Entwicklung stehlen könnte, war mir zu groß. In einem Wintersporturlaub lernte ich Klaus kennen. Er war Investmentbanker in München und war immer aufgeschlossen für neue Idee. Ich vertraute mich ihm an und er war sofort Feuer und Flamme. Zurück in München trafen wir uns und ich erläuterte ihm bis ins kleinste Detail meine Entwicklung. Wir beschlossen gemeinsam eine Firma zu gründen. Ich war für die Entwicklung und Technik zuständig, er für die Finanzen. Jeder hatte 50% Anteile. Schon bald hatte Klaus eine Gruppe von Investoren zusammen und wir konnten loslegen. Schon nach einem Jahr wurde meine Entwicklung beim Patentamt in München eingetragen. Schon bald interessierten sich alle namhaften Automobilhersteller aus aller Welt für die neue Technik und wir fingen an, Road Shows in der ganzen

Welt abzuhalten. Der Erfolg war gigantisch und schon bald erzielten wir Umsätze in Millionen Höhe. Was ich selber nicht wusste, war das Klaus das Patent nicht auf unsere Firma angemeldet hatte, sondern auf seinen Namen. Ich bin und bleibe Techniker und kein Kaufmann. Natürlich kann man heute sagen, dass ich zu naiv war und zu viel Vertrauen hatte. Später ist man immer schlauer. Das Ende der Firma kam schnell und wir mussten Konkurs anmelden, was für Klaus aber nicht schlimm war, denn er hatte mittlerweile alles seiner Frau überschrieben. Noch heute bin ich finanziell ruiniert, während Klaus auf seiner Jacht in Florida eine süßes Leben lebt. Es gäbe noch eine Menge zu erzählen, aber ich glaube, dass müsste für den Anfang reichen.

Ja Werner, der Meinung bin ich auch. Ich muss gestehen, dass ich mehr als gespannt bin, was Klaus dazu zu sagen hat. Vorerst gebe ich ab zu Tommy ins Studio. Tommy, jetzt bis zu baff, oder? Kann man so sagen. Mir würde jetzt sofort keine Erklärung einfallen, die Klaus zu einer Rechtfertigung dieser Geschichte zu erzählen hätte aber, jeder bekommt bei uns seine Chance. Später werden wir erleben, wer im Ring die Nase vorne hat und als Sieger dieses Konflikts nach Haus geht. Ich gebe jetzt ab zu Klaus. Hallo Klaus, Millionen von Zuschauern haben die Erzählung von Werner gehört und sind mächtig gespannt, was du zu sagen hast. Also leg los.

(Film beginnt mit Klaus) Hallo Tommy. Ich habe auch die Geschichte von Werner gerade gehört und ich muss gestehen, sie stimmt bis ins letzte Detail. Ja, ich habe das Patent auf meinen Namen angemeldet und Werner nicht darüber informiert. Es war sogar noch schlimmer, ich habe ihm im Glauben gelassen, dass das Patent auf unsere gemeinsame Firma läuft. Ich befand mich in einer Notsituation. Als Investment Broker hatte ich mich mit einer Anleihe eines Kunden verspekuliert und stand am Abgrund. Ich konnte nicht anders und musste meine Haut retten. Aber seit Jahren plagen mich Gewissensbisse und ich fühle mich gegenüber Werner mehr als schuldig. Ich war derjenige, der euch unsere Geschichte zugeschickt hat und hoffe sehr, dass Werner mir heute Abend richtig in die Schnauze hat. Ich hätte mich auch bei ihm melden können und ihm seinen finanziellen Anteil auszahlen können. Aber in diesem Fall ist eine Entschuldigung und eine Überweisung zu wenig. Ich hoffe sehr, dass Werner erkennt, dass die Bereitschaft, mich mit ihm in einem Boxring zu messen, ausreicht ihm gegenüber meine Schuld einzugestehen. Noch etwas: Egal wie der Kampf ausgeht, noch heute Abend bekommt Werner seinen finanziellen Anteil, der ausreicht, bis zu seinem Lebensende ein sorgenfreies Leben zu führen. Was passiert ist, ist nicht zu ändern, aber dennoch: Hallo Werner, es tut mir von Herzen leid und ich hoffe sehr, dass wir wenigstens in Zukunft uns in die Augen gucken können. Mir liegt verdammt viel daran. Aber im Ring gleich gebe ich alles. Wir beide können heute Abend nur gewinnen.

Meine Damen und Herren, dass hatten wir noch nie. Hier gibt jemand seine Schuld zu, einen Freund in den Ruin getrieben zu haben und dennoch, er hat den Mumm, den Mut und die Courage, endlich sein Gewissen zu entlasten und sich von seiner Schuld zu befreien. Das, liebe Zuschauer, sind Geschichten, die nur das Leben so schreiben kann. Was freue ich mich auf diesen Kampf, was wird das ein Fight und für ein Ende. Werner ist finanziell am Ende und bezieht Arbeitslosengeld. In weniger als 30 Minuten sind seine Sorgen vergessen und er geht als Millionär nach Hause und nachdem, was ich gehört habe, hat er es verdient.

Verstehen sie jetzt was ich meine? Solange es Fernsehen gibt, war ein Happy End immer das wichtigste. Tränen, Emotionen, Gefühle sind die Gewürze eines Films oder einer Show. Erinnern sie sich noch eine die Hochzeitsshow? Wo die Braut in einem weißen Kleid die Stufen hinunterging und unten der Bräutigam unter Tränen der Rührung auf seine Braut gewartet hatte? Genau das war es, was den Erfolg dieser Show ausmachte.

Täglich erreichen uns mehr als hundert Geschichten von Auseinandersetzungen, Streitereien und persönlichen Kriegen. Diebstahl, Ehebruch, Betrug, Mobbing, Unfälle und so weiter. Geschichten die täglich um uns herum passieren und dennoch mit einem Riesenunterschied: Bei unseren Geschichten wollen alle Beteiligten eine Lösung. Jeder ist bereit sich die Handschuhe anzuziehen und der Öffentlichkeit beweisen, dass es für jeden Konflikt eine Lösung gibt. Und das Publikum nimmt es dankend an und verfolgt die Show mit einer immer wachsenden Begeisterung. Was will der Mensch vor einem Fernseher mehr? Genau das ist der Stoff aus dem Träume gemacht werden.

Entschuldigen sie, dass ich sie mit den restlichen 4 interessanten Geschichten nun allein lasse. Genießen sie die Show und erinnern sie sich immer an beide Manager aus Australien, die auf ihre Weise ihren Konflikt lösen konnten. Ob die Geschichte nun wahr ist? Vielleicht. Vielleicht sitzen sie schon bald wirklich vor dem Fernseher und erleben eine neues

Fernsehformat. Wer weiß das schon so genau. Ich bin der festen Überzeugung, dass es Erfolg haben könnte, wenn ein kreativer Programmdirektor den Stein aufnimmt und ihn ordentlich verpackt. Mir auf jeden Fall hat schon diese Kurzgeschichte viel Spaß gemacht und ich würde mich freuen, wenn sie als Leser auch Freude am Lesen gehabt haben.

Der Erfolg war riesig und schon bald erfreuten sich weltweit Millionen von Zuschauern der Beliebtheit dieser Show. Interessant ist die Tatsache, dass die verschiedensten Nationen dieser Welt völlig unterschiedliche Streitkulturen besitzen und doch alle an einer gemeinsamen Lösung des Konfliktes interessiert sind. Was die Presse angeht, handelt man nach dem bekannten Slogan: Bad News are good News. Und schlechte Nachrichten sind natürlich auch Auseinandersetzungen sämtlicher Art. Mir ist es wichtig, dass der Zuschauer sich seine eigene Meinung bildet, und vielleicht eine neue Betrachtungsweise eines

Konfliktes erhält. Wann erhält man schon mal die Gelegenheit, gemütlich zuhause auf dem Sofa zwei verschiedene Meinungen eines Streites zu erleben? Normalerweise sieht man nur die Betrachtungsweise einer Person, ohne eine genauere Betrachtung durch den anderen zu bekommen. Setzt man sich in einem Raum in die gegenüberliegende Ecke, erscheint einem der Raum völlig anders. Genau wie bei diesem Fernsehkonzept.

Sehr beliebt im Fernsehen sind zur Zeit Gerichtsverhandlungen. Leider bekommt der Zuschauer nur leicht verdauliche Kost vorgesetzt, denn die Entscheidung einen Konflikt zu lösen, wird von einem Richter, bzw. Richterin im Namen des Volkes unter Beachtung der Gesetzgebung gesprochen. Die persönlichen Umstände spielen eine untergeordnete Rolle. In meinem Konzept spielt es keine Rolle, wer wirklich Recht im Sinne der Gesetzgebung hat, sondern die Bereitschaft, den Konflikt untereinander zu lösen.

Ich möchte diese Show nicht mit dem Film „Fight Club" mit Brad Pitt vergleichen, aber gewisse Parallelen sind schon zu erkennen.

Die Yellow Press fand es Mega spannend nunmehr dieses Format zu nutzten, um öffentlich Promistreitereien über „Boxen statt Anwalt" auszutragen. Mann sollte sich in Zukunft nicht mehr mit verbalen Schmutz bewerfen, sondern den Mut haben, in der Öffentlichkeit seinen Missmut auszutragen. Natürlich waren die Fernsehmacher so clever, schon bald Prominente einzuladen, die in den Boxring stiegen. Es ging sogar soweit, dass Alternativsportarten ins Gespräch gebracht worden. Man könnte ja gegeneinander fechten, reiten, catchen oder sprinten. Wichtig war es natürlich, für das Publikum und ausschließlich das Publikum sollte unterhalten werden, die besten und teilweise härtesten Auseinandersetzungen zu finden. Je mehr Konfrontation im Vorfeld, umso mehr Dramaturgie konnte man aufbauen, um das Publikum am Fernseher zu binden.

Letztendlich ist es aber von entscheidender Bedeutung, dass ein Fernsehformat grundsätzlich für den Zuschauer und erst dann für die Beteiligten maßgeschneidert werden muss. Wenn Sie als Verwandter oder Bekannter in einen Streit schlichten oder involviert werden, denken sie immer an die australischen Manager. Das gleiche gilt selbstverständlich für sie selber. Seien sie bemüht, vielleicht durch ein Spiel, eine Wette oder wie in meinem Beispiel durch die Austragung einer Sportveranstaltung ihr Problem zu lösen. Ob sie das öffentlich oder in einer kleinen, dunklen Kammer austragen, ist in erster Hinsicht völlig egal. Nur müssen sie unbedingt an einer kurzfristigen Lösung interessiert sein und die Entscheidung nicht auf die lange Bank schieben.